Colecção Literatura de Macau

澳門基金會
FUNDAÇÃO MACAU
中华文学基金会

·诗 歌·

第六次回归花园

席地 / 著

作家出版社

澳门文学丛书

总序

值此“澳门文学丛书”出版之际，我不由想起1997年3月至2013年4月之间，对澳门的几次造访。在这几次访问中，从街边散步到社团座谈，从文化广场到大学讲堂，我遇见的文学创作者和爱好者越来越多，我置身于其中的文学气氛越来越浓，我被问及的各种各样的问题，也越来越集中于澳门文学的建设上来。这让我强烈地感觉到：澳门文学正在走向自觉，一个澳门人自己的文学时代即将到来。

事实确乎如此。包括诗歌、小说、散文、评论在内的“澳门文学丛书”，经过广泛征集、精心筛选，已颇具规模。这一批数量可观的文本，是文学对当代澳门的真情观照，是老中青三代写作人奋力开拓并自我证明的丰硕成果。由此，我们欣喜地发现，一块与澳门人语言、生命和精神紧密结合的文学高地，正一步一步地隆起。

在澳门，有一群为数不少的写作人，他们不慕荣利，不怕寂寞，在沉重的工作和生活的双重压力下，心甘情愿地挤出时间来，从事文学书写。这种纯业余的写作方式，完全是出于一种兴趣，一种热爱，一种诗意追求的精神需要。惟其如此，他们的笔触是自由的，体现着一种充分的主体性；他们的喜怒哀乐，他们对于社会人生和自身命运的思考，也是恳切的，流淌着一种发自肺腑的真诚。澳门众多的写作人，就这样从语言与生活的密切关联里，坚守着文学，坚持文学书写，使文学的重要性在心灵深处保持不变，使澳门文学的亮丽风景得以形成，从而表现了澳门人的自尊和自爱，真是弥足珍贵。这情形呼应着一个令人振奋的现实：在物欲喧嚣、拜金主义盛行的当下，在视听信息量极大的网络、多媒体面前，学问、智慧、理念、心胸、情操与文学的全部内涵，并没有被取代，即便是在博彩业特别兴旺发达的澳门小城。

文学是一个民族的精神花朵，一个民族的精神史；文学是一个民族的品位和素质，一个民族的乃至影响世界的智慧和胸襟。我们写作人要敢于看不起那些空心化、浅薄化、碎片化、一味搞笑、肆意恶搞、咋咋呼呼迎合起哄的所谓“作品”。在我们的心目中，应该有屈原、司马迁、陶渊明、李白、杜甫、王维、苏轼、辛弃疾、陆游、关汉卿、王实甫、汤显祖、曹雪芹、蒲松龄；应该有莎士比亚、歌德、雨果、巴尔扎克、普希金、托尔斯泰、陀思妥耶夫斯基、罗曼·罗兰、马尔克斯、艾略特、卡夫卡、乔伊斯、福克纳……他们才是我们写作人努力学习，并奋力追赶和超越的标杆。澳门文学成长的过程中，正不断地透露出这种勇气和追求，这让我对她的健康发展，充满了美好的期待。

毋庸讳言，澳门文学或许还存在着这样那样的不足，甚至或许还显得有些稚嫩，但正如鲁迅所说，幼稚并不可怕，不腐败就好。澳门的朋友——尤其年轻的朋友要沉得住气，静下心来，默默耕耘，日将月就，在持续的辛劳付出中，去实现走向世界的过程。从“澳门文学丛书”看，澳门文学生态状况优良，写作群体年龄层次均衡，各种文学样式齐头并进，各种风格流派不囿于一，传统性、开放性、本土性、杂糅性，将古今、中西、雅俗兼容并蓄，呈现出一种丰富多彩而又色彩各异的“鸡尾酒”式的文学景象，这在中华民族文学画卷中颇具代表性，是有特色、有生命力、可持续发展的文学。

这套作家出版社版的文学丛书，体现着一种对澳门文学的尊重、珍视和爱护，必将极大地鼓舞和推动澳门文学的发展。就小城而言，这是她回归祖国之后，文学收获的第一次较全面的总结和较集中的展示；从全国来看，这又是一个观赏的橱窗，内地写作人和读者可由此了解、认识澳门文学，澳门写作人也可以在更广远的时空里，听取物议，汲取营养，提高自信力和创造力。真应该感谢“澳门文学丛书”的策划者、编辑者和出版者，他们为澳门文学乃至中国文学建设，做了一件十分有意义的事。

是为序。

2014.6.6

题记

回归一词，看似向过去找回什么，实则是借一道过去的力来打向未来。于我，回归成人，成一个孩子，将事物回归本初，将宇宙回归花园（是的，宇宙的本初是座花园）。这种回归是无法一步到位的，需要一次又一次地去探索，去弄清楚过去是什么，像在黑暗的森林中，你去分辨那些叶子上微弱的明暗度，去触碰那些湿漉漉的树皮，这时候，一只蚊子轻轻地趴在你的耳朵上，有话想说。

这是个充满了历险、沧桑与理想国的词语，是在发问：“我是谁？”我希望他最终能够抵达花园，这是从我的同名诗中取出来的，诗中我写道：“猛地跃出，嘶吼一声，又归隐山林／只为了让你在一瞬间里／更像一座花园。”这种回归是一种再创造，我享受平静，故我必须先有声响，在回旋上升的过程中，我的每一次呼吸都是种再确认。

六是个温柔的数字。我想起一个故事，苏格拉底对柏拉图说：“请你穿越这片田野，去摘一朵最美丽的花，但是有个规则：不能走回头路，而且只能摘一次。”从一到十，六字，刚过半程，刚刚好。若八、九次，太多就累了，若一、二次，太少就弱了。

花园是极好的、美丽的、幸福的现实理想空间，是人类梦寐以求的所有乌托邦和乐园的原型（《花园里的哲学》，圣地亚哥·贝鲁埃特语)。在有限的人类历史中,花园终究始于边界、围墙与粮食,其中有一段很长的时间里,“花园”一词等同于“菜园”。当我们不再以实用性为目的而去追求审美性、精神性时,花园就伴随着诗意来了。在诗中,我寻找花园,花园也寻找我,我和身体里的花园捉了这些年的迷藏,彼此共生,相爱相杀,想想也挺好玩的。走,喝杯咖啡!然后说:你好,谢谢你读我的这本诗集,很荣幸,也很幸福。

2024.09.25 于珠海

应李观鼎教授嘱写此题记

目　录
CONTENTS

第一辑　孩子问

第二辑　死去的一部春秋

第三辑　断章的台风夜

第四辑　我欠我的手一句谢谢

第五辑　让澳门多出一米

第六辑　山水贴地而飞

第七辑　狗吠学

第八辑　递归成人

第九辑　不要想着去打开这个词语

第一辑　孩子问

永恒孩子

我们要爱那个瞬间的孩子
如同爱永恒的孩子一般——

那孩子和我擦身而过时
踩了一下我的脚后跟
就走进了永恒孩子的行列

下午三点，她在这里和我说：
再见。说完，句子就走进了
永恒语言的行列

我买单，一百三十二块
一踏出门，那土地
就走进了永恒土地的行列

我转身抓出了一杯冰美式
的切面，她便从永恒中探出身子
伸出那雪白的，干净的

没有翻译味的原始小手
将东西塞进我的口袋后
我就走进了永恒世界的行列

孩子问

大家在聊天
老人说：
娶一个女人吧

孩子问：
为什么要“娶”？
为什么要“一个”？
为什么要“女人”？
为什么要“吧”？
吧吧，吧吧

孩子，我求你再说一遍

把话说重一点，我是在用一生
来琢磨清楚那孩子
说的那句话。尽管现已经
忘了那句话

打开字典，一个个字地
拼出了一首首诗
和两部长篇小说，我还在拚着命

在写的过程中，我意识到自己
离那句话越来越近……一写完
就又远了。算起来
距离一直都没改变

木已成舟，诗稿已无法
退回字，它们出走，迷失并
被我们理解成另一种迷失
伟大的理解。木已成舟

这一生用了太多的“我”字
用得顺口了，有时候说完
也没有意识到：
“我又出现了一次。”

我身上到底有多少个孩子

石桥上，我背着一个孩子
边吮绿色棒棒糖，边好奇坟里
有什么。刚被好友背叛（一种理解）
大吵一架离开时，孩子摇着我的手：
别生气，会气坏肚子的

六岁的孩子在七点时来了
十一岁那个晚上八点才到
两岁的孩子一分钟前还在怀里
这一说，就没了踪影，再说时
就哭就闹，就烦得没完没了

你说：孩子都是鬼
我在喝啤酒和在喝红酒时的
孩子，都不会是同一个
一千个故事的开端，瞬间
重叠成一个脚尖——
轻巧地结束

他们就像橡皮泥
黏着我，一吵半生
滚！我骂道。还没骂完
他们又爬到了我的头上，高喊着：
骑马过海！

递归成人

列车上恍如隔世一回
一棵树迅速回到了众多树
我退出人群，揣测如何才能够
化为一股柔和，串联此间

在这种可能声中，噪音渐小
面对世界的勇气、关节的力
及所缺的皆可补足
所溢出的，我一口喝下
整个人类不多不少地：恒动

地方瞬间成为地方史
土地准确，四季依时
我回到人群中，五岁的小女孩
问：爸爸的爸爸叫什么？
我多年的肩颈痛，鼻敏感
脚背的疲惫传到了脚掌
世界暗中得到了一切

这世上只有两种人：

理想主义者与

另一种理想主义者

想到这里，这里就是答案

怪兽

孩子，你别长大
好好待在那里
不要开窗，外面的怪兽你打不过
但你可以打我

你知道的
晚上，我就会来看你

面具译

他将自己的相画在面具上
让表情发出后，迟半分抵达
迟钝一旦击出，便顿在无声处——
（巨大的力使他的表情
走到了出发之前）

自制的反馈系统，刻板
出印象，将故事模糊了

他继续创造故事
（为了不说出自己的故事）
他哑口无言
（为了故事能传到更远的地方）
他是个小丑
（为了他是个伟人）
他受伤
（为了他伤害了的人）

反向的力，将一句话送进了
历史又回到当下，送进了天堂
又回到了你的嘴巴
在三种错误中你选择了写作

你的脸是一种绝对真实的冰冷
他抽出了其中一种真相
然而，最接近你的，并不能抵达你
消弭之力，是在瓦解你的温柔

哭声早已被听见
为了做一个更好的人
故事者说：你必须哭得洪亮
否则，你永远都无法成为孩子
去到脸上：
你永远都无法被我原谅
同一时间，又变成了
我从没怪罪过你

盒子

有时候所谓长大
就是去学大象

把自己一块块地藏起来
耳朵寄存于一个瞎子
手指寄存于另一个
让敌人击不中你的真相

看看表，温度合适
就带嘴巴散个步

我当然不敢将世界都放出来
我害怕回归后
我的手会挖出我的眼睛
我的嘴巴会吃下我的喉咙

醒来

我抬起头时，醒来一次
用汤匙搅拌咖啡时，醒来第二次
话讫，穿过斑马线
走到另一条时
我已经醒来了第三百六十五次

众神听见集合的哨子
排列整齐，我在每一秒中醒来一次
在一秒的无限分解中醒来无限次

但在一秒的上下之间
睡着个睁大眼睛的孩子
呼吸均匀，嘴角微扬
一阵无风的歌，轻轻吹着

我准备好了，愕然地嗯一声？

星星

天空一片黑暗
星星越数越多
直到布满了整个天空
我一颗颗数着黑暗
却一颗也找不到

亲爱的
我什么都不想要

世界是我们的，也是你们的

那天，失意的他散步于海堤时
对着海边的垃圾（废弃的可乐罐）
发出了巨大的感叹：
世界是你们的，也是我们的
但是归根结底是你们的[1]

可乐旁有石头、小草，凌乱的鱼丝
它们都听见了，继而他自己
也听见了，猛地
觉得这声音如此熟悉——

① 1957年11月17日，毛泽东对学生如是说。

在海堤的一张长椅上

坐在海堤的一张长椅上
一个七八岁的女孩一蹦一跳地
从我身后掠过，倏地
拍了拍我的肩膀，像：
叫醒一个人

我回到世界之中
目送她伟大地远去
在转弯处，她蓦然回过首来
对我吐舌笑笑

没有缘由、征兆与逻辑
我却快乐了一个春天
成了我与这人世间的
又一惊人秘密

我们叫树

在农村，特别喜欢闻柴火的味道
和孩子们蹲在一起听：
木头爆裂的声音

我给他们带了些杏仁饼、猪肉干[1]
临别时孩子往我的包里
塞进一小捆柴：
给你带回去
无聊时烧来闻闻

① 澳门手信。

棒棒糖

回乡过年，孩子递给我根棒棒糖
我欣然接下
一种久违的香甜传来
童年的味道

一刻钟过去了
又一刻钟过去了
又一刻钟过去了

这根糖还是没有吃完
我把它摁熄在烟灰缸里

西西弗斯的手

珠海北山的一条斜坡下
一个女孩（六七岁的模样）
从地上捡了颗石子
抛上坡去，看着它滚下来
再抛上去，看着它滚下来

旁边的父亲一直认真地
看着女儿手中的石子
我不由得感动道：
他是个真正的父亲

想想：十分钟前
我才看见另一个人
滑倒在斜坡上
他不知道自己踩到了什么

在脚下，一颗石子的命运

借着一双小手

开始被世界所关注

透过父亲我看见了女儿

投名状

他们将那张纸揉成一团
和我说：“吃下去，你不懂
肚子也该懂了。”

减磅

我说话，是为了使自己
从沉默的重量中剥离出来
当我手指孩子时
便放下了孩子以外的
一整个世界

多么美好——
从眼睛的包袱里
取出最轻的那块干粮

我沉默，从说话的重量中剥离出来
将石头还给世界
将世界还给石头

我拍拍孩子的屁股，让他走

咖啡馆门前的孩子

在转角的咖啡馆
我看见一个孩子踉踉跄跄地跑着
突然间，我好想要个孩子
一念动后，所有人都是我的孩子
我跑上去，摸摸他的头

女孩深绿长裙、金丝眼镜，短发
右手提着 LV，左手举着 iPhone
聚精会神地听着，频频点头
真不容易，那孩子终于长大了，孩子
你要小心，但是，也不要太过小心

你要好好生活。噢，一眨眼
你就变成了一个中年男人，呆滞的
脸上再没有半点生活以外
孩子，你怎么这么快就老了
为孩子烦心吗？
他们不愿结婚？同性恋？

没钱为他们付首期，还是不理你了？
我可以说些什么呢？
孩子，此刻的我比你还年轻啊
但是我看见你健康地走在路上

不知过了多久，一个拄着拐杖的老人走过
手上居然还提着三个鸟笼
我才认出来了，这孩子！
我想起他小时候的样子
脸蛋红通通的，牙牙学语：妈妈妈妈
不由得笑了起来，慨叹恍如隔世

天这么快就黑了，傻瓜
你在哪里呢？我真的好想你啊！
街上空荡荡的一片
我的咖啡喝完了
我的孩子出生、长大，老了又死了
他死了，在这个下午
我一无所有地从头活了一遍
我是如此哀伤地感恩着

第二辑　死去的一部春秋

春天

这些天我随意地走着
花开了，很多词长了出来
我才知道春天

在暗巷中迷路
城中村。有个小女孩
告诉我：跟着光走
当我走出去时，我才想起春天

这一刻，我想多看看这片土地
可又怕春天这个词
太大了，我撑不起
也压不住

用哪个时间进去

他的妻子在纽约
女儿在里斯本
现在是北京时间 6:41
纽约时间 17:41
里斯本时间 22:41

阳光刚到时他选择了起床
洗漱，穿过憔悴的脸
看见了骄阳的女儿
妻子的月光，他身上
平行着三条时间

全家福里，他将三条时间
合成一条：坐在红色的沙发上
他从照片中站起来，走进了
人类的所有时间之中
像石头了，离成佛只差一步

但如果非要在三个时间里
进行选择，他时常会感到混乱
譬如有几次在赌场中
他记错了，用妻子的时间活着
后来又用女儿的

他在里面三天没出来了
我们猜想：他不知道
要用哪个时间出来
没人敢去敲门

山茶花的春天

在春天，山茶花开的春天

郁金香、月季花、木棉花
虞美人、罂粟花、玫瑰花
天竺葵、凌霄花、炮仗花
吊钟花、一串红、刺桐花
都开了，谁也没落下

就像在发冷的傍晚
一个人老了，一代人也老了

幸运的是，一个写诗的人
他说：山茶花开了，在春天
那一刻就只有山茶花，开了，在春天

就像发冷的傍晚
他先于他的时代老了
而后才有花园

风景一空再空

——赠冯晏

“风景一空再空”
在这句话中我已经文学了六次
一个字一次。换种说法

第一次的风景，在我走入之前
尚未化为风水
直至我的眼睛并列在具体的树上
第二次风景就来了：零度的
一瞬之间，年代感、四肢相继进入
无意识地叹了一口气，第三次风景进驻

意识到微物之神，探向我
并借我之身走向空灵的世界
就有了风景的第四次。于是我
只好写出了这首诗的第一段
第五次风景悄然成立

我将这首诗转给冯晏
让她成为我的第六次风景
第六次风景自成一国
自有语言、文化、宗教
制度、军队、领土
自有了第七、八，第九次转弯
屠杀后幸存的故事，大国已治
我回过头来烹好了我风景的十次

熟了。回身一探，那风景的雏形是什么？
我已经忘了，好像有树
风景在原地完成了第十一次
她很好。它将永远地继续完成下去
如同我初见它时，它便停在了初次

说句题内话，这首诗的灵感来源于
冯晏的《风景里的氢元素》
那是第一次风景的前世
我现在稍微地及了点物

大师的下一秒

海子自杀前包里装了四本书
第一本是《圣经》
第二本是《瓦尔登湖》

我有一个住在瓦尔登湖畔的朋友
日日对着秋叶练琴，捡路上踢到的石子
却没听说过《瓦尔登湖》

我将书送给了她
一个湖交换一个湖
扉页上：
你在大师的上一秒
并在这一秒，然后是下一秒

立秋

我不曾从风景里见过立秋
立秋，总是听回来的
一棵树告诉你它秋了
却不会和你说：今天
我踏入而立之年

爱一个人也一样
你无法说：从明天起，我爱她
或，昨天之后，我就不爱了
但大雪是从第一片落叶开始的
如果更早一些，你可以说
大雪是从大雪开始的

你想伸手抓住秋天的第一阵风
正如你渴望那些
陌生的人爱你
从回忆中抽出一片枯叶
踏上去，有清脆的声音

春望：读诗会

五月，在珠海半山的一间
民宿里读诗。读一首
一只蝴蝶往乌克兰飞去
听一首，一只蝴蝶
从上海飞来。色彩是大问题

我们喝茶，画画
苦难从茶杯中映出一张
焦黄的脸，画笔将我们掉落的
颜色补上。但我调不出
孩子口中的：人的颜色

我翻查过往的诗句
一段是这样子的：

初学诗时，我诗歌的痛苦
像是一个假装高潮的女人
现在我诗歌的痛苦是高潮时

身上有一个假装高潮的女人

肩上趴着只老蝴蝶
我面朝大海，春暖花开[①]
回过神来，发现一棵具体的树
挡住了整个大海。我抽掉
整片森林的烟。想象

世界最动荡的土地上
一个断粮七天的老人
在教孙女读诗
国破山河在　城春草木深[②]

二十三岁的年轻战士才将尸体隐蔽
他的头露了出来
感时花溅泪　恨别鸟惊心

一张破裂的木床上，初生的
孩子拒绝了哭，也不笑
烽火连三月　家书抵万金

他身上的鲜血爬满了饥渴的蚂蚁
蚂蚁淹死在这片红色的大海之中
白头搔更短　浑欲不胜簪

① 海子《面朝大海，春暖花开》。
② 杜甫《春望》。

已知了

又一次，在夜里离世
这次是个外卖员
骑着摩托车，在圆形地
被一辆载着十八男六女的旅游车
撞倒，他的左脚弯出了
不可思议的弧度

那一日凌晨
上万人在死亡
但他们没有死出细节——
被我看见的。这一刻
外卖员的事故，是世界
减去所有活着的人后
死去的总和，因那腿的弧度

我需要一个细节去看月亮
用被月光打湿的草丛
藏着的夜有知了知了

我又想起了女人，月光突然
保持战栗。我无须抬头

也知道光亮正洒在
外卖员的脸上，它又一次点醒了
（另一个细节）
脸上的阴影。我自慰
解决了一种死亡，我祈祷
解决了这种死亡的
另一部分，我喝水
是第三部分
（没喝水，也属于这部分）
洗完脚走出浴室

是这种死亡的第四部分
第五部分的我：写诗
弧度在延伸，月里
（境地中，我终于看见了：
那死人与我无关的部分）

正牵引着，世界向我靠来
愈加平实地靠来
我身上的泥土即将
开出一朵花，晨露靠来
我融入了明夜的
弧度的总和——

我的手抚摸着这张正
凝固的脸庞（弧度）
直至交错出（弧度）
之前的速度，风（弧度）
刮在脸上。那时这首诗（弧度）
还在草丛中（弧度）

知了叫了很久了
你知道：这并非一种结论

准确的下午

在一个下午
我看见了：奇妙的准确
那是当一群人谈论着加班的悲哀
与美国大选，我听见了：
他们并没有谈论着这个下午
也没有谈论着任何一个下午

那一刻，下午如此准确

大地上的事物

嗯，我知道你害怕的
也是我害怕的

我知道表情的七十二种
变化，下一种是什么
一种害怕与另一种害怕
中间所生出的
第三种温柔是什么

大地上的事物过于简单
只留我怜悯的余地

可我一眼望去，看见你踩着地球
却不自知，你想从最简单的空气中
获得春天

我跳进地球里，一同寻觅

春天，要用多少海水和潮汐
去虚构并摧残出，爱与悲伤

你只是大地的一种翻译

当我嗅着她那件绿色短衫而想起她时

当我嗅着她那件绿色短衫而想起她时
她便不再真实
哪怕她此刻就站在我的面前

这时候的我加倍感到失落
她彻底消失了：
绿色短衫上的她不是她
站在我面前的她也不是她
原物与替代物中间的裂缝将我吞噬

然而当我看见她穿着
那件绿色短衫时的样子
这就是她吗？
不，在我拿起那件绿色短衫的一瞬
便已将她毁灭

她将超越了一个人而成为其他
与众多佚名者一并

散发在宇宙中的万有
是结束在开始时的
存在的瞬间

每一次凝视都是一次抓空
无论谁站在这条时间的长河上
都将永远地将她失去
多么令人遗憾：
当我嗅着她那件绿色短衫而想起她时
那件绿色的短衫
在这唯一真实的瞬间里
只能回到了一件绿色的短衫

I’ve got to use my imagination*

黑色的迷宫棱角锋利
翻开一张脸便走进了一条
分岔的小径，我们还是朋友吗？
命运的词语死抓住
一座花园不放

我为什么要向你倾诉？
（...I've really got to use a little imagination
Got to think of good reasons to keep on, keepin'on
I got to make the best of a bad situation...）①

为了想象你比你自己更好
抑或是我，用错了声音陈述
海湾转回原处。我和我想象的我
之间，隔着你的身影

---

* 中文为“我必须发挥我的想象力”，是葛蕾蒂丝·奈特与种子合唱团（Gladys Knight & The Pips）所创作的歌曲。

① 背景音乐，歌词。

你使我以语气调节了自己
许多次，音色仍不尽如人意
我不是一首好歌，我低吟：
想象中的彼此
隔着双重春天的不如意

一阵狂风

一阵狂风刮过
一棵大树
底部的根扯倒了这座高墙
想起武人之真理：
力由地起，拳由心生
一切从看不见处悄然发生

时间由后往前
墙建起，根找回去
落叶飘上枝头
春意阑珊，尚未有一阵风来

第三辑　断章的台风夜

没有单纯的石头

一个单纯的故事从天上
降下后，被一千个人说碎了
渐渐锋利、残忍

不要太快将谜底说出
听者一听，便站死了一个故事
牡丹被牡丹的白色摧毁

某个夜晚，你将人们聚在一起
让死掉的故事在争吵声中复活
作为卫道者，你斟酒赔罪
你是上帝将故事托付的
第一位罪人，你要走回去

拖着一身的血，呐喊：

那是一块单纯的石头

上面长着朵单纯的玫瑰

我单纯地摘下来

放在了单纯的地上

断章的台风夜

我在剧场中没有戏
空荡的舞台
一切都是即兴。明明没有人

我一动，便多了一个观众
一说话，观众就走了
下一个观众上来顶替他的位置
我向他挥挥手，这观众也走了
又上来一个

他们在台下凝视着——
我随意精心编排的下一步，错了也有
错了的真理，他们看见并鼓掌
说：你的每一个切面都如此精致

但他们没有看完这枯燥的全剧
如同信仰在断章中连续：
他买了一座瓷观音，许愿

如果不灵，就扔到街角的垃圾站
再买一个新的。他们说：

是这个观音不灵

午夜月台

点上一根中支的“黄金叶”
抽完，用了 7 小时 17 分 30 秒。其间读
佩索阿的《收拾行装，但没有目的地》
我要去哪里呢？吐出一口烟——
在月台上虚无地过渡

每一个母亲眼中的主角
都把自己当成了人物
什么是“伟大的放弃”？
浮步，在我的一秒里虚空更多
粗略估计：这趟旅程
从身体到灵魂，前往了虚空六次

常理，也应该回来六次
有三次，身体一去无迹
我清晰地感受到：我的减少
——往世界一点一滴地

不要肤浅地将其解读为疲惫
谁把我从那端接住？

让我见见你
不，我不需要你把他还回来

在窗前准确地站成逗号

能不能，从我们失望的下午
打捞起一个美好的晚上
夜的深处，将事物
修剪成恰当的模样

偶有鸟声跃入
在窗前准确地站成逗号
逗号后面，是无数排列整齐的事
听鸟声又一次跃起

就到了早上，露水，冷
潜藏的物又回了最初的模样
浑然不知大地经历着什么

啾啾啾对大地
又多了三次美好和失望

谢谢你，借出的意义

从半夜口渴开始

半夜口渴醒来
走到西湖边听听下雨的声音
脚湿了，我便融化在了全夜
夜在这时是抽象的
不需要具体的线条和故事

但我饥渴呵，这已不是我
一个人的事了，这是饥渴
零碎且柔软地
系住了事物的两端

我一块又一块地还大地以完整
就回到了夜的开端：
正准备坠落呢，亲爱的
那是一个全新的故乡
我用所有故事换来的
一种修辞，你也可以反着说

梦呓之树

我讨厌那些呼啸而过的车声
惊动了一树的鸟，幼鸟的声音尤其
明显，嘶吼拉扯嘶吼——
往底说一层，在夜里急促的，或许还有
一些隐藏的心跳，伺机而动
他需要更剧烈地将梦醒来。也有好处
如在飘起的尾音中平复
对真假之事似乎多了份确定的感觉

将树碎掉的，织成窝回到树
排比成——将自己碎去的事
化成几个庸常的举止，回到照片
你就想问了：组装多少次，才能称之为成长

再一次梦呓，像分不清树
是由哪几片叶子构成的
在没有所指的地方清晰些了
找到恐惧、惊异、安慰等情感

表情大而化之

世界进入到此时此刻
你感到没必要再一次：说出一个句子
拜托，你面对的是人群
不具体，也无法具体
你可以排比成——
不慈悲，也无法慈悲

夜深时，我有一点全部

夜晚的我属于万分之一的我
属于我在白天死去后
身上的零星鬼火
将夜空烧成灰烬
全夜里，我见过沟旁的野菊
湿润的泥土，一阵轻风

夜晚一直在向内死去
在浩瀚的内部，另一种
更深的死亡被唤醒
直至死出了清晨，薄雾
活着才开始外延

大海借一浪
对抗着远古深沉的黑暗，里头
有问世四亿多年
仍保留其原始古老样貌
的鲎；群山沉默却不腐烂

有妹妹在上海文身展当评审，近又和男友分手

有我妈还活着，跳广场舞，练太极

我爸已经死了，忘了是哪年的事

争论持续在开门声中

很多时候，我什么都有了

却没有这首诗的位置

当我在说晚安时，大地

当我在说晚安时
全世界都在说着：晚安
（英国、美国、蒙古、马来西亚……）
语言的纯度使世界在
同一种声音中迸发！

大地轻轻地下陷

封面故事

初见一本书的封面之美
就将它裱在了墙上
轻声细语，抽烟去

阳台上，我和我的名字一起
每仰望一次星空
便拯救了一个世界

我想亲眼看见夜是怎么来的

路环的傍晚，你想看看天是怎么黑的
你看云、看鸟、看石头，天都不黑
低头回个信息，在语言里不小心
发了发呆后，再次抬起头时

天已经黑了。你明明等了那么久
依然没抓住变幻的瞬间
这让你惊喜又难过，弄不清楚为什么：
夜总是要躲着你来黑

发呆之前，天色尚且明亮
幕后透着浅浅的暗涌，一层一层地
把你往内摁，它说它准备好了
进入你的体内，一步只有

我知道我活着

这一刻，比任何时候都更加接近毁灭
在泳池深处的大海
遨游与不遨游

从岁月里扯出一张床
躺着沉默
将诗稿裱起
然后烧掉

千古的总和
是一步踏出的空
他停在那里
左右都不合适
中间是愤怒地感恩

我们或许应该问
这一刻不是什么？
就回到了发问以前

过了这许多年
我依然无法适应
一只手从未在那里抓住过我
当然也未曾把我失去

语言是监狱中的监狱
诗歌被判终身
满纸逃狱
怒吼：自己无罪
同时忏悔

你也忏悔吧
他对着法官席说
法官席是法官的监狱
空椅

基督是极权主义
每一具面孔都有边界
一不小心就

再也不能往下多谈一步
站在悬崖边上
用《圣经》的话来说：
也就只有这永恒的一刻
我知道我活着
然后问：《圣经》真这么说？

风筝

有时候我将右手放逐成风筝
左手拉线——

借风的夜晚
风筝飞成鸢
鸢飞成大鹏
来到了一座南方的岛上

在那里，他归化成雀
腾飞跃个几丈高
舒服地往乱草丛中一站
哼首小曲或者
活成一只蝉：
夏天出生，秋天便能死去

蓦然间，曲调滑脱
大鹏被不断收紧的线圈
坠落到每个太阳升起的早晨
单薄，没有自身的力

安眠曲

半夜，被一首安眠曲缓缓惊醒

关掉还是开着
这是一个问题

想你了，朋友

——给毛子

悲伤的夜晚
我给一些朋友发微信说：
我想你了
说，今晚好哀伤，不聊世界大势
就说今晚的澳门
门外，只有澳门

没回信息，我知道
他们尚未醒来
待得看见时，阳光正好
窗外鸟鸣，一切又从头开始

我有点羞涩
补上朵鲜花、抱拳：
兄弟，昨晚喝多了
再一次，我向社会道歉

枪声

作为一个孤独的人
我总是犯同样的错误：
陷入孤独的幻觉之中

如同我第一次知道
苹果是苹果时
便听到了世界的枪声

啤酒的动荡

当我喝着罐生力啤酒时
我想象自己喝着罐生力啤酒
这时，想象是真实的吗？

想当下，使自己从中
剥离出来，对眼前的爱人说：
想象一下，我正在看着你

想象自己活着
写下这首诗，想象自己在想象
仿佛只有这渺小的时刻
事物离开自身，造出一个影子
我后发先至，让贫瘠的生活
重新获得了回归的重量
动荡中

半夜起来的那一次

夫妻赤裸着相拥而睡
半夜，丈夫因冷
起来穿了件衣服
妻子摸着那尼龙质，知道：
是人外之物

次晨，当他们起床时
身上都穿着各自的衣服
他们知道，自己
会在睡前脱下。呼吸声缓缓流淌着
是期待，还是害怕呢？
大家都一身完整

养

如果我在哪一秒里不再畏惧世界：
我会向自己搁下一句狠话

把自己养回去，尤其在清寂的夜
养成霸王别姬、念奴娇
脏话的几种变调

静夜思什么

探语言什么？究竟下去，我已
提不动刀子，割肉喂狗
还原某真相：相信假的事物
是真事物的一种沉默，说：好久不见

我从别人的诗歌中抓住了什么
八万四千虫，隐形眼镜
你就碎了又还原一遍，人像
笑完后合上嘴，如此重复
衣服上汗味渐重

读帖一百次就回到一次
进入到一条曲线中和，去，不谈美，
先把古今之事压下来，其余也压下来
就看这条线，我便又在无人处
被解释了一遍

的确，希声之夜已

被我提了上去，天大地大
在被中骚动，梦之类事正解完
反解，回到肉身
和你说完便忘，俗人也好
和光同尘，游乐园是失乐园的翻译

生命的颤动

闭上眼感受此刻
用语言描述：
那是种轻微的颤动
大地在无声中同频，叩问：
一只手如何存在？

当他触碰另一只手时

没死——
需伫立在破镜前
用否定另一个词来看见自身的重量
在阳台上朝下望
另一个自己倒在了那里
每一秒都有一个
自己在无声中死去

剩下沙发上的人
心中有根弦微微颤动

你到底在陈述着些什么?

此刻，所有的问题与答案
都成了一种陈述。你站在我面前
像你举起杯子或放下

城墙可以保护你
石头做的城墙不能
一切是如此和谐地痛

在石头里你都看见什么?
句子接着句子
旁边的女士在用语言哭泣

当她说出一个残破的句子时
句子已说出了一个完整的她
以言语的方式一个人在路上喃喃
几乎忘了这是个无人的夜晚

那些言语所失去的
此刻正慢慢地走了进来
而你知道天亮后世界

去谈论那些浅薄的事物
你一点一点地减去
到酒桌上，举杯之前
到尚未看清楚人后面是什么

你猛然想起一切：
那些从未听过的声音：
巨大的你，有另一双耳朵在补白
去构成另一个无人的夜晚
你举起杯子或放下

第四辑　我欠我的手一句谢谢

我左手右边的右手

和自己的身体相处多年
还是没学会给它们找到一个位置
一次我喝醉站在湖边
总觉得两只脚距离太宽
我收紧一点吧，又太累

另一些时候（我没喝酒）
也会想不起手脚该放到哪里
嘴巴如何去接住舌头
我就会走开，用另一块地
来接住自己，如果还不行
我就看看天，让天来接住地
——我闭上眼睛

我欠我的手一句谢谢

并不漂亮
只是些无关紧要的细节与内容
焦黄、瘦长、多毛，有两颗痣
陪伴了我这些年
却从没有：对它们说一声谢谢

真好，完全地理解我
忠于我，它的使命只是疲惫
并给了我一个原谅世界的理由

大家快来看啊！
在世界下面，有那么一个人
他一颤抖，世界就活转了

你看，他并不漂亮
只是些无关紧要的细节与内容

一只蚊子吸住了我的左臂

一只蚊子吸住了我的左臂
一只蚊子吸住了我的左臂
一只蚊子吸住了我的左臂

三次过后，打与不打
便不再是一个问题
越确定下去蚊子越模糊
我的肌肉消失了此刻
欣赏着我的左臂吸住了这只蚊子

我的左臂吸住了这只蚊子
我的左臂吸住了这只蚊子
我的左臂吸住了这只蚊子

从今往后，我和蚊子之间
就再也没有了那些
世俗的问题

学习

中村小姐是名空姐
疫情期间上班
公司培训大家如何在
戴着口罩时：用眼睛来微笑

下班后，她和朋友参加另一个培训班
和一群不相识的人一起
看大自然的照片、煽情的电影镜头
他们在这里学习：
如何用眼睛来哭泣

导师笑了笑，说：哭是一种传统
大家听完这句话，就哭了

摁海

把大海的波涛摁入镜子中
眼睛穿过它，一步一形象地修
脚反向踩着天，人扎进泥里就
反出了一个人模，裂变
以地下之心吐纳地上
我的志气是门不得不慎的仿古学

仿古的左边是仿真
在泥模的脸上施展匠人的诸般技法
月亮好像清晰些了
用月亮一词的脉络与意图
使大智慧力将我往前推
我后一步才领悟到自己犯下的错误
里头的妙处，添多一笔显笨重
减少一笔显单薄

我的重量与尺寸恰和世界
缺少了的人形吻合

一个字这样重
嘴巴含着的池塘里
一条调皮的鱼跃出水面
翻滚出焦点，从人齐齐望去！
他又消弭。我就是这样学说话的

空白

每当我向前走上一步
原来那位置便留下了一片空白
曾经的栖身之所
承载过我身上所有的重量
如今那地方空白了

我朝他跨过去
身后，便制造出另一片空白
一个人走过
又一个人走过
我看见那空白站起身
点了根烟
对行人视若无睹

我学他点了根烟
想着：如何用一个身体
去填满前后的两片空白

论代沟的完整性

譬如，有时候当我饥饿
便吃掉自己所看见的
并将他保存下来
在黑暗处腐烂
往上追溯至祖先
或往下——
孩子成了我的食粮

我们互相吞噬
当他饥饿，我将一只耳朵
切下来喂他；当他饱了
便同样将他的一只耳朵
切下来，喂我

吃完一只耳朵后
另一只新嫩的耳朵
便从缺口处长了出来

在一只耳朵消失
而另一只耳朵还尚未长出来前
我们掉进了那个耳朵与耳朵间的空白
偶会错过几句话，或一个词
我让他再说一遍
直至耳朵接住了那个词语
我们用嘴巴复述
并演绎成新的事物

那个刚刚咀嚼完耳朵的东西
此刻确认了事物的完整
如此，于是乎：
你好
也开始有了你好的重量

一秒简史

想当年认识一位朋友
在计量科学研究院工作
每天，他都在测量一秒的长度
等次年，各国一起比对
将比对出来的长度加权平均后
变成世界的下一秒

那时我才第一次知道：一秒钟
每年都在延长
它和上一秒如此相像

计算明天是一项玄学工程
押上所有的当下
如西西弗斯手中的
石头，一天天在长高

想起，他这一生都在一秒之中
我抬头看看时钟

那急速的奔跑的秒针带有微微的颤抖

就像我的右手，和我幻肢的左手

合十起来时的激动，不由得老泪纵横

鬼火一闪之间

我一个手掌将自己压下去
对面那人，说话就慢一些了
泥土更重，人味，诸如此类的词
也出来了，爱这个字
会被我收回去，直至再用时
我便长大一分

我一个手掌将自己压下去
就成为一个完整的人
草木被杀的完整，雷同于我酗酒的父亲
雷同于短暂空白的语言
那一记耳光，耳边嗡嗡作响
回荡的，是我身上的鬼火
又跳起来了一下

被什么抓攫住我

走在一条空荡荡的路上和
走在一条人满为患的路上相同
突然被什么抓攫住我

我回头
没有人或很多人
都在忙他们自己的 / 没在忙他们自己的
突然被什么抓攫住我

我走进咖啡馆
点了一壶茶，还未送上来时
突然被什么抓攫住我

我上班下班
将车子停好，投下硬币
突然被什么抓攫住……

口腔年代

旧诗集，书虫低着头
把《魔山》吞下
把《童年》吞下
先哲、政客和梦想。吞下
自己的皮

他和我一样爱吃甜食
与淀粉，怕光、与空气中的颤动
可他却从不将一切出卖给语言
沉默得如此可怕

我忍不住将他弹到地上
一脚踩死，却不忍心
连同伴也不放过——

或许最终我们都一样
除了自己的尸体
不留一丝痕迹给大地

这首诗除外

谨以献给他们的后代

一千本有一千页

一夜一页，够食十年冬天

一代人的模样

在眼睛上划一刀
每个嘴巴都一模一样

摆拍的角度，取景
齐声喊：美
嚓一声，作鸟兽散

看相的已经迷糊了
他找不到那个拥有帝王面相的人
他说：太多人在三十二岁有一劫
又被轻巧地跃过

人体实验

在实验室，我将一瓶瓶
沸腾的 O 型血倒进试管里
用我漫长的一生去等待
哪一瓶会被同化
哪一瓶，瞬间爆炸

寻寻觅觅冷冷清清凄凄惨惨戚戚[①]

① 李清照《声声慢》。

寒窗后记

读多少寒窗
世界才读得模糊一些
为了工作，他们要我矫视
从心灵之窗，递进一叶刀

我站起来，望望寒风凄厉
一时间——
嘴脸清晰可见。不敢照镜

过关

我被卡在关口
回想起这些年的苦力
手指磨损了
五官也渐渐扭曲
我和那些整容的女人一起
解释着我和名字的关系

就像那年
我回去继承房产
他们要我证明我：
就是证件上的名字

我用一张证件证明另一张证件
他们细细比量，没有看我一眼
就发给了我第三张证件

脸谱

每当他看不见自己时
便走到人群中，找起自己的脸
使劲拽在手上。手上
直到两只手拽满了
密密麻麻的一大堆脸

他只好走出人群
从那堆脸中挑一张干净的
戴上，再回到人群之中
他看见，一个熟人走过

大清与洪门

最近认识了一个诗人是
清朝没落的贵族
我想起不懂事时参加过洪门
从前是反清复明的

如今我退出社团已久
那位诗人也早从内蒙古
搬到了广州工作
并编起了我的诗歌

红旗下，她的大清
和我的洪门在酒局中碰杯
抬手　倒酒　举杯　仰头
都充满着法度

一种笑

哈一声
撕开了血红的伤口
根根发黄的白骨外露
只有沉默，能将伤口暂合

黑压压一片人头
等待下一声指令
整装待发的伤口
朝你张开

第五辑　让澳门多出一米

坐在澳门对面

——赠陈东东、梁小曼

谈起澳门史我说曾有
一段时间澳门与东帝汶
相互将罪人流放。过大海
没有监狱，生活在彼岸

陈东东假设一种情况：
一个澳门人犯罪被流放东帝汶
另一个澳门人为了免受审判
逃去了东帝汶，他们相遇之后

我假设另一种情况：
一个澳门人犯罪被流放东帝汶
许多年后，成了东帝汶人
他二次犯罪，就回了家

以上对话时，我们坐在深圳
万象天地的四楼咖啡厅

梁小曼坐在对面。写这首诗时
我正在回澳门的船上
读《红的因式分解》[①]
忽又合上。轻坐澳门对面

① 梁小曼诗集。

演戏

妻子将电影关掉
问她那演员丈夫：
为什么你从未用戏中眼神看我？
丈夫说：那是戏
妻子不依，两人冷战起来

直到一天丈夫拿着束玫瑰
来到了妻子门前
用那深情眼神望着他的妻子
妻子却打了他一个耳光，说：
你在演戏

对宏大的一种加剧

几个艺术家在沙龙上讨论着
历史、社会学，美与人类的命运
他们面红耳赤，并像时代的精英
抱头痛哭，对不公有最初的愤怒

意犹未尽，决定去舞池转一圈
为了一个女人，他们打了起来
甚至没看清她的模样

这个模糊的对象
加剧了他们在美学上的争论
两个受难者围着一个宏大的主题
每句都感叹号

忘记

我把我的故事讲给你听
希望你告诉第 π 个人
再哀求他：将这一切忘记

太平洋的空气

一个野人族群
初见大海

登上小岛时
闻到了海洋的空气
他们一个个憋住了气
说：要带回部落去

孩子们在那头听见了
这个传说，不敢再踏上小岛
他们大力地吸着
希望能将太平洋的空气
给吸过来

形上流亡

坐飞机到欧洲
将自己锁在酒店
无所事事，七天，再坐飞机回来

这是最纯粹的欧洲
无关欧洲，只是为了逃离
一个厌倦的词语
停留在一万米的高空

太阳

那年曹操第三次越巢湖伐吴
见士兵口渴难熬
便站在山道上
指着遥远的大地说：
“前面有片梅林！”

后来的军队越来越大
梅子已杯水车薪
曹操便指着更远处的天空说：
“前面有颗太阳！”

在窄门缝中理解大师一种

从带着澳门的珠海中走向广州
北京就是北京

消失的佛山倾盆大雨
我按下快门，叮咚一声
身后的一个女人
如此及物地
抓住了眼前的酒杯，干

交浅言深地抵达
席地的动作比席地快
慢开偏门，眼光穿过窄门缝
蓝色的猫在哈欠，我说我到了
看看桌上蛋糕的质感，陌生的
颗粒感更强，保质期还没过

一根弦反演一出戏
对庸常介入太深，语言微硬

一个蓝色短衫的女孩

当你喝醉酒时，你很高兴
见到前面那女孩，开着摩托车
你叫司机追着她跑
你看见，她穿着蓝色短衫，风一吹
长发分成两截，左一边，右一边

你看见，减速时，她的车尾灯会亮起
红灯时，她会停下
这一刻，你爱上了她

你让司机一直追着她跑
直到你将她失去
这时候你忽然发现：
减速时，你看不见亮起的尾灯
红灯时，你看不见一辆车
在你的面前停下

刚从广州落地珠海

伟才在竹林中将三根竹子弯下
在顶端编了一个竹篮
竹子继续生长，篮子已经旧了
直到竹与篮的边界
断开，竹子就弹了回去
篮子落地

我写下这首诗就

刚从广州落地珠海
我在想什么时候能说出
“生的归生的，死归死”
这样准确的话来

中间一个半秒的跳跃，弹回去
挥挥手，听听自己落地的声音

从澳门出发，行驶在路上

从澳门开车到氹仔
澳门这个词在我发动引擎的一刻
便足以被任何一个词所取代
氹仔亦如是

如果我到达了氹仔
我不介意——就像从未出发
调转方向盘

我第三次被取代

成都与澳门

当我向一成都朋友
谈起了赵雷的《成都》
朋友愠怒：
那不是成都人的成都
外面的人爱听

来，你来谈谈澳门！

他停了半晌，除赌外一无想象
他不服气：你来谈谈？

我哑口无言
回途中一直暗恨
忽然间恍然大悟
我已将真正的澳门说出

仿佛一个人的沉默
才是一个地方的全部

我们还是错过了

我们还是错过了这个黄昏
我知道，下一个黄昏还是会同样错过
她其实跟小孩子一样
给她一颗糖，就会笑

我带着你走过一些城市
每一个都不像你的名字
我走进一间咖啡馆
点了杯不知名的东西
向陌生的人群微笑
街外闪过一双原谅的目光

你跑出咖啡馆
那目光不见了
熙来攘往的人们推挤着
你买了一条黄花鱼、两根葱
给自己做了一顿晚饭

革命少年的油腻

他呐喊，直到喉咙破裂
咧开着嘴的他不小心放了个屁

他尴尬地笑了笑
这是他在酒局上的回忆

路过一场凶杀案

走过一场凶杀案
看见满身是血的男人
头朝东，身体朝西
一时间，我掉了进去
再出来，有种在车站等车的寂寞

余人上前围观
惊叫、哭、不明所以
我回头望一眼，整个图形很重
将我的眼神往下扯
我抬头看看天，快下雨了
连忙用绳子将自己拉回来
一圈圈卷好，拽在手上
看见：整条街没有一件不是累赘之物
我点了根烟，完成一件事情般
继续上路

让澳门多出一米

——给蔡国杰、丁成

蔡国杰喜欢在湖边
将落叶整齐地扫进湖里
久而久之，湖水消失了一米
小小的澳门也因此
多出了一米的土地

这让我想起了丁成的诗歌：
《我从秦淮河里舀走了两桶水》
我要不自己讲出来
估计这世上永远也没有人会发现
秦淮河里少了两桶水

他们两个都是我的朋友
一加一减，都在为这片土地办事
我也曾做过类似的事情：
小时候，当我不小心弄伤了
左手这朋友

为了公平，我会咬着牙
将自己的右手划伤

陆地，在地球的面积中占约三成
我的肉体里，也有着七成的水分
如果身体里的海岸不够残忍
如何将我搬运

找诗

周末，又一次在日头街上的咖啡店
找一首诗，刚丢失的
他问服务员要杯冰美式
服务员说：抱歉，我没有看见

就这样坐了一个下午。发呆
热，咖啡上头，看着阳光
照在我左脸，微信人头攒动

杂七杂八之事都跑来时
总算忘记了诗歌是什么
忽然想起：他要回家了
有点接近

教堂的悖论

在西班牙
一个九十三岁的老人
每日里愚公移山
一颗一颗石头地
用五十六年建起了一座教堂
至今仍未竣工

他一辈子只做这一件事
他相信神
把一切献给神
他说：我没学过建筑
一个大字不识的农民
是没办法建起一座教堂的

想到你那儿坐坐

2022-02-24 20:08

在澳门，一个南方的小岛
我给朋友打了个电话：
战争了，我没地方去
想到你那儿坐坐

他们开了间文身店
每日喝酒打牌抽烟
：今天没有开门

我一个人在街上走了很久
买了面包、牛奶，边吃边想
从行人脸上的反应中
找出我的反应。想起小时候
大家都夸我反应很快
现在越来越慢了
慢到我吃完面包喝完牛奶后

我的骨灰

拔牙时，医生说起某花季少女
在市里考第一，刚发榜
就被车撞死了

我让医生将拔掉的智慧齿
还给我，烧成骨灰
放置在神台上

烧香。说话。直接走过。

误差

某艺术家告诉我
地图里的线有漏洞
土地法没写明：
边界之间，线到底是
重叠还是平行

如果平行
那么它总有误差
哪怕零点零几

身为卡夫卡
他决定将误差卖给我
让我在偌大的地图里
随便选一条线

我给了他一百块
指了指
现在踩着的这条
属于文化局的

导游简史

为免再次走失
我戴上旅行社分给我的帽子
肩膀贴上编号，大家手拉手
跟着密密麻麻的
人头上面的旗帜走

我越走越前，终于有一天拿起喇叭
朝他们在不同的方向
背诵不同的历史
给大家分发帽子、水和贴纸

具体的问题要抽象地表述
在车上，为了活跃气氛
我一次次扯着喉咙
唱《沉默是金》①

---

① 张国荣歌曲。

第六辑　山水贴地而飞

翻《剩山》记

——给赵野

那天我打开赵野送给我的《剩山》
看见一只书虫钻了进去
我想抓住它，翻来覆去
却找不出那一页

我将书合上，用力地往下压
我知道它一定会死在某一首
的某一行的某一个字上

我将书放回书架
让赵野的诗在我这里
死出一个逗号

当然，另有一种情况
逗号凭空而落
前后都没有字

我不再翻，让问题搁置

山水贴地而飞

我是爱这个世界的
只是还没有习惯
身上的皮屑在风中掉落时
裤子上的褶皱这般清晰

对于生命，我的方式有限
仅仅抓住了我与动物间的区别
用比喻，让事物看起来有所关联
如此才能

去放置我所不相信的山水
与月亮，说：
诗人鞭打的骏马
里头有看不见的力量

他那不自知的高尚
让人类丰满而又绝望
你的身体里升起了同样的山水与月亮

简单的轮廓，一种举止
我一一指认人间的细节
指认一个凶手

目光流转，吊在木椅上的充电线
有压着它的遥控
它们一生的任务
便是被我：指认出另一种风景

在一道向下的力中
山水渐渐向上，内部
有柔和，有身上的屑落，物有皱纹
它们的糅合，为了
让我的哭声一次比一次低沉

直至，大地发出了
一种无法辨识的
贴地而飞

笨拙地靠近人间

我总在笨拙地靠近人间
如讨好一棵树，但我走近的
姿势、语言都不对
人间，就将我弹了回来

常常，我想找一种准确的步伐
打量力度与分贝
我甚至试过躺在夏天的马路上
如此一来：世界离我更远

我身上的生命、马路和树
只有在我沉默的时候
狮子才放下戒心
从一棵树后面的森林里走出来，嗅嗅我
这时候，是人间在讨好我的时候

在清晨，仰天长啸

雄鸡在清晨
王冠颤动，爪子抓进泥土一毫米
农夫醒来
在这个重要的节日
他拿出刀——当啸声传到
第二座山，尚未传回来时

将它的喉咙放出一碗血
滚烫的热水，一地鸡毛
他将鸡毕恭毕敬地放到神坛上
仰起的头这时已低了下来
像纯朴的农夫跪下——

这时清晨的叫声传到了第三座山上
尚未回来。他熄掉电灯，拉上蚊帐
翻好被子，和爱人对望了一眼
这一眼很快就过去了

清晨的叫声传来了第四座山上

大地轻轻地抖了一下

回来的路，是农夫再次睁开的双眼

他看见了清晨

比昨天瘦了，却重了

第六次回归花园

身上泥土的声音
长出了一朵水仙的香气
耳朵里的迷宫
从你的耳环里飞出来

我将故事向内击出
子弹转出的年轮不知觉
爬满墙壁
我快要老了，而你是我的花园

我是一只野兽
（虎、豹、大象，无论什么）
猛地跃出，嘶吼一声，又归隐山林
只为了让你在一瞬间里
更像一座花园

你听，这种迷人的
回归后的平静

错步舞曲

天地溢出一种暗示，要你往前走
这是一种误读，注释太多
迷人眼，你说：
我要把天地抓出一句话
简洁的句式，不修不辞

像他哀求的一份感情
自此走上了不归路
例句太多，就把词累坏了
故事太多，她就变形

我要及物地谈论她
讲出具体的时间地点人物
但我说不出来，说不出来
每一件事都错出了一个理想主义者

你也将自己误读，错出一个花园

可以葬花，埋一些小时候在里面
让你喝醉时仍有胆大妄为的冲动
用一个词语来叫醒另一个词语

听种子的呼吸

在我喘息的夜里常怀想床的呼吸
床之前木头的呼吸，以及木头前
树的呼吸，一颗种子在向上

夜晚又一次来到杀戮的战场
树杀死种子，木头杀死树
床杀死木头

我的身体压着大地
一次次播撒着
种子，回过头来杀我
那种子的呼吸声轻柔地蔓延开来
在天花之下
被杀间，我沉沉睡去

在一朵花中有所作为

一朵花中，万物相杀
战争在里面
疫情在里面
非洲饥饿与想象中的非洲饥饿
在里面，高楼将山一排排挡住

“共享森林美景　严防森林火灾”
在里面，时常看一朵小花
会觉得世界过于花哨

还有——
我的土地，我的泪水，及远古的哭声

此刻，他们都长成这朵花
安静的模样。娇嫩里
我深爱着默然幸存的一切
及失败者的作为

买花的默契

五十岁的卖花女
靠兜售着形式主义的爱情生活
她说，二十七岁来深圳打工
二十七岁才生了第一个女儿
她说这些花很香、很新鲜
将玫瑰卖给了我

她卖给了这朵玫瑰
这朵玫瑰把自己卖给了
不信仰玫瑰的人
我们间达成一种默契

大半小时
没有一个买花的男人
女人，准确地说是女孩
介于十八到二十八之间
其中一个，右手提着沉重的行李箱
左手捧着一束花，蹒跚地走着

她说：别人在我这年纪，早做奶奶了

她说：现在不卖花，就手痒

我们间再次达成了一种默契

在那瞬间开花的角落

有旁枝逸出　在你静默的瞬间
开出一朵花来　待你回神
又迅速地谢去
人群转出了一片寂静之地

直至星空荡荡，一只不知名鸟
停下了它的歌唱
你看见邻居的窗前
有旁枝逸出　开出一朵花来
待你回神　又迅速地谢去

叶子纷纷落在你的脚下
你手持故事
在每一个顿默的尸体里
走出了一片柔软的大地

窗帘

窗帘倚着窗
光从那边透过来一股
淡淡的哀伤
黄昏想说话，欲言又止
窗帘便成了一种克制、
优雅的表达

与千百个其他无异
在这样的黄昏中
它放下自己
成了一个寡默的人
低头倾听着整个大地的声音
他要用他的生命
活出这句话来

停留在远方

——读艾青有感

见过或没见过你的人
都走在了同一条路上

参差的泥泞吸住脚
无数种子从土地中拔起
一个个村庄
颓垣与荒冢
被细小的石子带到了另一个
村庄、颓垣与荒冢

河岸、古城与山坡
城与城互相置换：
所有零件都换过了一遍
每一步都走出了一个故乡

你空掉的地方
现在站满了人

悲哀的北国
大地已面目全非
仰头，天还在那里

形象的人还继续向前走着
从形式的人间推开一条路来

从悲哀到悲哀
北方便不是同一个北方
回过头来，悲哀也成了
一种全新的悲哀

谁还要去学一种旧式的哭法
去哭那些旧去的事物
走在路上，你总能从新人的脸上
不经意间，看见了一眸
旧人的眼睛
你就知道有句话或许还停留在那里
就像停留在远方

从风卷起了一些沙子谈起

风卷起了一些沙子
沙子就跳起来
掉落在有树的尘间

从沙尘中出来的知了
趴在树干上叫个不停
树干下就有抬头的孩子
呼唤来父母找寻天上的星星

星星围绕在东坡的月旁
光温柔地洒在了玫瑰花上
她折下这朵玫瑰时
泥土上，有低下头来的人

鞋上的污泥就粘有一片枯叶
枯叶上有泥沙
泥土下就有先人
尘土中立着一块小小的墓碑

走过的人走过或

停下的人鞠躬，就有了风

和一朵朵卷起的尘埃

在星星下面，土地上面，树旁边

他的海尚未完成

为什么孩子们喜欢到海边玩耍
海边只是海和边
只是无数石子、沙，与
木头做的椅子

我看见一辆车在我的面前停下：
一个家庭
在孩子的眼中是：
爸爸、妈妈、妹妹、姐姐

浪漫主义、太宰治
后殖民。海是水做成的
碎片、波光、刀子般的
闪电、银箔、仿真、鲸鱼
环保主义、枯藤、老树
昏鸦[1]、一个男人

① 马致远《天净沙·秋思》。

为什么孩子们喜欢到海边玩耍
他们的海是“海呀！”

“海是水做成的。”
我想象着一个孩子跑来问我

“哦。”听毕她回过头去
用沙子堆起她的海
我希望，她的海永远都不要完成

大树之疼

我记得当年曾看过一部纪录片
讲述树的疼痛
当敌人
攻击它时，它的神经会缓缓将痛苦
流回根部。整整一个小时
（狂风、昆虫，还是猛兽）

原子弹掉下的时刻
或，某老人准备从阴道出生
刚回家的诗人，打开电脑
写什么呢？沉吟至今

他合上书，放回书架
收拾行李准备出一趟远门
却发现：找不到根在哪里了

在一棵树上发现一棵树

眼睛掠过平原
一万棵树 = 一棵树的一万次重复
浮光掠影中什么才是本质？
你转身，找到了一种想象
于是乎：你完成并摧毁了
一棵树的存在

谁敢说自己曾亲眼见过一棵树
及，确保树与树是两个相同的词
每一次想象都有误差
那些簌簌的指涉
如同镜子上单薄易碎的人

你希冀：从身上发现自己
用立体触碰立体，用声音去声音
用自己的一万次重复去找到那
浩瀚而又准确的一次

没有理型的你，只有一个残酷的真相
“必须尊重一棵树。”
只有如此，你才可能全盘地抓住
或者说让他，给你开出一道门缝

可以不再用“必须”这个词了
尽管到现在你还未看清楚
但温柔已经抵达，并且着陆

关于新胜街的某棵榕树

一棵清朝的榕树
雄伟、挺拔
没有人看见它的脆弱
纸般薄的脆弱

它的根往地下长，一边长一边死
它的叶往天上长，一边长一边死
直到死出了一个诗人
面对着它，写了首死之诗：
既非向他招手，也非向他道别
只是延续着一种脆弱的死去

它死出了一个朝代，两个

活着，一棵榕树至今还活着
可它要多少次地死去，才能展现出
今天所见到的英雄主义？

歌唱的树

排比的树，摇晃
就有了我的生活
颤颤巍巍，我说的话被看见
却没有听，看
是一种更深的东西
说之前就有了
但话还是要说的
像我接近你前，伸出的手

摘下身上的叶子
颤抖就赤裸了
是你在吹动我吗？
用什么，用你的颤抖
我听出来了，那首儿歌
充斥着绝望
我唱一首儿歌给你听

不，我不想和你说话
月光洒下来了

第七辑　狗吠学

修猴记

1

那天刘姥姥进大观园时
看见了我一身在学的精致
言谈，衣着，渐有尺寸可量
我笑着对她说：黛玉可以刻薄
你不可以，如同我站在宝玉面前
山野近乎猴，想想

那天刘姥姥走了，黛玉宝钗们都走了
我一千零一次醒来后，梦见那猴子
倒觉得太精致了些
还是喜欢“石头记”这三个字
颠倒来品：刘姥姥闹了天宫
孙行者出了洋相。一路上边参边修

倒似把湖中清水搅浑了
硬要雕琢成玉，又伤离别一身掉落的细屑

就有了疲惫之感
这手眼间的尺寸，纵横缝补
孔雀丝穿入针眼
就好比多说爱这个字，然后
少说爱这个字，又好比

从《红楼梦》读到《石头记》
又从《石头记》读到《红楼梦》
夜半大醉，忏悔我这野雅的
石头出不了宝玉却出了泼猴
进了小观园，闹不了天宫却做了刘姥姥

这俗毒，不大不小地种着
又葬又生又葬
到头来对精致这个词，竟模糊了——
与人间的距离：近三分，远三分

2

退一步来讲，话不能这么说
早几时读的《金刚经》，忘了三分
还是只记得三分
我在素食店点了只素鸡
不杀具体而杀抽象的，与爱同理

我这故意做的人，似乎已努力了一步

和朋友说过一个笑话：
在路上，我时常会忘了
先拔哪条腿，便顿在原地
若我老了，痴呆，一下子忘了怎么呼吸
若死了，若往生了

非思索能及的事，我的慧根长出一朵情花
又及，我曾写过首诗谈及树的疼痛
从果到根要一个多小时，若花只有三分
我将在二十分钟内，断肠或其他

不杀了不杀了
那只养了三年的鹅在哭泣
主人如是说
类似的话父亲也说过
我忘了父亲属什么，好像是猴
那只脖子上渐有准绳度的猴

不杀了不杀了，我说
可不杀什么呢？
一下子，又想不起来

3

修猴修猴，是修正一身猴气
还是修成一只猴

两条路各迈一条腿，人走散了
日渐消瘦，想起年少时便已老气横秋
江湖的水深深浅浅
游泳一项，仍在我遗愿清单里头
诗却动辄大海
坏了许多事如形式主义忏悔
风一吹，就想生孩子了

子不语。仿真的人越仿越真，猴也是
前提是：自觉越假，方能准出个度来
如摸不准的天气
出门总觉多了或少了层皮
狼皮、羽绒轮回，冷暖后知，言论渐渐简洁

海边，观音的像经由葡人的手
长出了圣母脸孔
友人说，他母亲第一次见到他的法国女友
惊呼：阿弥陀佛，这是马利亚啊！
菩萨一种，也在修这葡人，他她都证了

宝玉说：无可云证，是立足境
黛玉说：无立足境，是方干净
我听了。却又不觉想到：
我五行缺的土，竟在名字里有两个
这事我也是近来方知

4

我毕竟是一个有根的人，守着个小地方
门里门外地走，自惭于：
他这人初看很好，看着看着就不好了
这不好嘛，看着看着又很好了
这很好嘛，看着看着就又不好了
镜中人左右徘徊，起码构图是对的

若为之辩解，我会谈一谈着相的美感与乐趣
你听，你细听，便会原谅我了
正大光明的一句话最是难说
那句话不是现实，不是真相
“过往我败于复杂的句子
如今又败于简单”——多平庸的句子

从前母亲叫我洗碗我总不依
后觉得这是个修道的法门，母亲是法
不自知，无法言说
我要用多久去理解一句身体健康
并说出新年快乐
转译三回，将母亲信达雅
也将我信达雅，风继续吹

5

云何应住

在正大光明殿上的只是游人

我给楼下的守门人红包

如孙行者——换几部未能悟出的无字经

向他道谢，乘电梯上去时，又想及一个笑话：

一回我向友人化缘了个红包，拆开

里头只十元，正嫌少间

却见还夹着一张黄纸，附上

他用秀丽笔写着的：无欲无求

我笑着说：这字写得一般——

未见取法处

偶有一阵海味往房内

传来，又一阵，浪般几瞬便消

还是水比人闻着雅气

骨架舒展，水汽渐从身上升起

蒸云成雨，又有我携经从天而降

种下一朵种子，待秋一立

掺在五斗米中，腰板再硬气一分

左手右手，交来往去

想起一次我兴起写了幅“雪泥鸿爪”送人

叮咛道：别说送的，说藏的
怎料他转头就说了开去
我气极，把伸出的“雪泥鸿爪”给收回来
挂在脸上，但字是写得好的——
取法也自苏轼

想想，经还是有字的好，写几首诗如种田
恭喜发财，赚点忏悔钱——
这厢有礼了

（对镜一瞧：见是个明白人
宜亲而远之）

6

（牛兄从屠房逃出，一路狂飙，如今王不成王，
民署人员给它打了一枪麻醉，肉是不能吃了，
唯有送进动物园中毗邻熊猫“开开”与“心心”）

便有下闻：

动物园中，老师领一群四五岁的孩子
指着那牛说：这是牛！
孩子们惊呼：牛啊！牛啊！

一长者经过，啐一声：

不过是头牛！

孩子们作鸟兽散，叹说：

不过是头牛

齐天

石头减去多余的部分
猴子和如来一同转过身来
西方的路写在手掌上
我在贝加尔湖心到此一游

人退化成猴
世界便进化成原来的样子
森林的最深处的宁静
是一根钢铁在建构

万无是石头被减去的部分
铺成了一条碎石子路
同样通往西方
每一步走去
脚步与天地便合了回十
每一步都带着古老的回声
走进另一块石头
猴子和如来一同转回身去

飞蚁

夏天的雨夜
白蚁们为了躲雨
纷纷飞进一道门
那里有光

它们折断翅膀
繁殖下一代
然后饿了
便吃掉这道门

狗吠学

他内心的痛苦常常令他对一只
不相识的狗
滔滔不绝

远一些，包括这只狗的朋友们
他用他所能模仿的狗叫
向它们忏悔

再远一些，他向这些忏悔的内容
语气、修辞、动机
再忏悔一次

狗们理解
并原谅了他。它们摇着尾巴
蹲坐在他的身旁，轻轻地
吠了一声

人与狗的边界

8-1-1-1-1-1-1-1-1=0

-8+1+1+1+1+1+1+1+1=0

0=0

假设 8 为人

-8 为狗

：将金手镯取下来

套在狗爪上

：把狗绳

套在人头上

：带狗去环游世界

将人留在地牢

：让一个人失语

狗叫妈妈

狼毫毛笔

狼把羊吃得连骨头也不剩
却留下一嘴巴的毛
它做成羊毫毛笔
开始写起了《史记》

一代狼

那些无知的小狼
每当看见我穿着羊毛
或人造的狼毛外套时
便向我咧嘴怒吼

对那些真正穿着狼毛的人
却感到无比亲切

躲成一只云

看见自己在镜子前的面相
会感到一阵陌生的疼痛的喜悦
三次确认在零点一秒前完成

带着想象我坐在酒桌前
杯子一直敲击思想的内部
玻璃距离破碎还差九千次

有人问我：为什么戴个帽子
眼镜，还蓄须
我笑说：像我，也是无用之用
其实我的目的一半是为了
遮住面相，一半是为了改变面相

一只只绵羊跑进了梦乡
狼在后面追赶。我要躲进云里
躲成一只云。我要让我的面相

在下次到来前散去
让狼嚎声在今夜去抢掠
它们的月饼，及所代表的人间

冰上的螃蟹

凌晨的超市，一只缚手缚脚的
螃蟹，被第一个敢吃它的人
放在冰块上

爪子锋利，努力保持着新鲜
我站了许久，看着它
一时间又重新折返成
生命中：无知的人

在我的眼睛里唯一
能确定的是：它的眼眨了一下

但它无法理解这一切
我的伫足、凝视、哀伤……
与我的舌头
在怜悯中勾起味蕾的记忆

钳

在一只螃蟹的钳子上
找到了我断头台上的
那把梯形铡刀

科学家说：
钳子在千分之一秒里
产生了数千度的高温

这一瞬存在于一秒之外
始终无人察觉
听说我的血一直在那里沸腾

消毒昨天，将自己的头捡起来
再试一次

没有敌人就

在鲨鱼消失的海里
鱼儿们纷纷抱怨：
左眼开始近视，右眼开始老花
它们的尾鳍越长越小
孩子却越生越多

就在多年后的昨天
一条失明的小鱼由此结论：
“他们吃去了鱼翅
便取走了世间上所有的鱼鳍。”

抱着拯救世人的梦想
它开始活成一条鲨鱼
没有敌人，就
咬自己的祖先

铜像上的小鸟

一只小鸟飞过
站在伟人的铜像上，静默
铜像便由此高出了十公分
这十公分
是一座铜像的无能为力
我想起那时母亲对我说的：
过了二十五岁，你就没法高了

我期盼着那只小鸟飞走
能让我看见一个人
在世上留下的形状

但我更渴望它留下
让世界多出十公分
供我伫足仰望

对明天濒临希望

衰老在年轻中的
人，一个生长的词语
五谷杂粮配小酒，几本书
或许加上台特斯拉，便能

在澳门，塑料制黑面琵鹭
登堂入室，你方唱罢我登场
十步开外，沼泽湿地渐少。冬天
如南来取暖的父祖辈，回乡不见土

离郊野公园不远，却不忍睹
熊猫“开开”“心心”死后，新
飞来的熊猫，仍叫“开开”“心心”。百年孤
独，不要和我聊爱。相当奢侈
我想不到要聊些什么

第八辑　递归成人

散人

在一些翻新的老宅间散行
裤袋里的手机被我
行走时的摩擦
触感出搜索的页面：
“人”——一种可事生产的高等动物

生产，高等，动物
我侧身站立着，口中喃喃道：
感觉自己三者都不是
沉吟至今，想学两声人叫
结果说了句“你好”

七年前，我说：世界

七年前，我说：世界
七年后，我也说：世界
两个词隔了七年，重了七年
世界大了七倍。中间的先跳过

就说说，假设，这两个世界打了个照面
唐朝是杀清朝，还是放过清朝
裹小脚的先进。大了七倍不一定是好事

也是无知，巨大的无知
像我站在这里一样
我再说一次：世界
诗到这一行，因为有了无知的介入
世界，又小了七倍

回看第一段，我狂妄地说出了七倍
这两个字时，是怎样的无知与冲动？
同时又是真理的无知与冲动

始终回到诗的第一行
永远在第一行，陷在第一行
在第一行中永生出永死

世界，我又说了一次世界
原来世界只是一个像我这样的男人
开着空调，睡不着躺在床上
说的两个字。到这两个字就停了
他停在了世界

奴隶制度

那夜，我将自己摁在床上
不让他喘一口气
鞭打他，要他学狗

几杯酒下肚，我便成了
被操的那个人
他寂寂无闻，他软弱
他是今夜人类史上的第一个人
也将是最后一个

集体的人

荣格：
“艺术家是一个集体的人。”

在无所事事的下午
去感知下午的无所事事
事情就来了

无所事事的下午
构不成一个情节

只是味道，不是事情本身
没有形象，没有发力点，往空
是无数空支起了
：眼前随意略过的实物＝焦点模糊

这时候，他不是人
任何人都不是（包括他自己）
双肩的疲惫是天地的一部分

叹一口气是一阵秋风

也只有这个时候
所有人站在了他的身后
他成了荣格口中的那个：
集体的人

他想找件事情做

他想找件事情做：
走进了一间酒吧
接着，他很快就发现了
这并非一件事情

他喝着金汤力，和旁边的
女人搭讪。背景音乐在背景
他一听，便被《寂静之声》[1] 吃掉
椅子上的人去哪儿了？
他要找他回来，去做一件事

他摇晃着走出酒吧
有一件事在前面等着，就像空坟
等待着一具合适的尸体
哪里是一天的结束？
凌晨？早上？中午还是傍晚？

① 美国二重唱组合赛门与葛芬柯于 1965 年发行的单曲。

低头扫了自己一眼
他发现自己活着。苦笑
终于在这瘦弱的身子上
找到了一件：
这辈子唯一在做的事情

画布

用赭石粉笔，铅笔，石墨
墨水笔与羽毛管
在画布上，我成功地让苹果
回到了苹果，一朵花
回到了一朵花之中

是我错了什么
还是这世界错了什么？

我点了根烟，在苹果上画出
一只手，手延伸至肩，肩
延伸出头，一张脸出来了

像我的小说，无非盼着
人物能立住，对你说：
回来，回来

怀旧

人们努力忘记过去
争取时间怀旧

外人主义

外人主义些什么
一群饥饿的人举着枪
他们是罪犯
推一个外人进去
杀死他，他们便是英雄

投喂外人，让自己的身后站满
如空造一页门
推开，走进去，出来
为了再走进去

钝感年代

那个痛的时代过去了
我们渐渐无感
在一阵睡意中差点醒不过来

大家对望一眼，点点头
默契地，将对方的手砍下

现在他们老了

六十年前
一群年轻人呐喊着
现在他们老了

三十年前
一群年轻人呐喊着
现在他们老了

当下
一群年轻人呐喊着：
现在他们老了

那些不知道的人

谁永恒地在那里擦拭着他的想象？
这时我不自觉想起街上的人群：
他们不知道

他们不知道什么呢？
琐碎事已然说清：
一个人在吃饭，将青菜
往自己的碗里夹，他不知道；
一个年轻人在游戏机前投入枚硬币，躬身坐下
旁边放着瓶饮料，他不知道；
一个老妇蹲坐在路旁，看着行人在发呆
脚旁一袋蔬菜、瘦肉、小石斑，她不知道

这个城市有谁是知道的呢？
人的形象依按轨迹运行
一个人在向前走的同时不能够又向后走
当他们从我身旁走过
噢喃！他们根本不知道

想到这里，一阵巨大的落寞
从我的身子里发散出来
行走的途人变成了个个图形：
我要原谅，也只能原谅他们
过后——原谅就不存在了
他们逐渐显得丰盈，那些图形
具体成了生命：行为终于像一个人了
一时间，我被抛到人类之中
竟也陷入无知

当我陷入无知时
每一个站着的人都立了起来
仿佛都不再陌生。回乡者的眼里：
蔬菜、瘦肉、小石斑也有了
蔬菜、瘦肉、小石斑的意义

这时候，整个人类都站了起来
温和地对着你说：我们知道

我记得我来了

睁开眼睛起来的我
从早上的我走到中午的我
再走到阿波罗神庙时

看见一间咖啡馆来了又离去
一个身穿短裙的美女来了又离去
街角的嘈杂声披着黑夜来了又离去

我——被世界游过一遍的人
冷冷看着：
世界因为游我，从孩子长成了大人
对于世界的每一次拜访我欣然接受
如果他不见我，他就倒了

出于怜悯，我随了这个大人
随了世界将我放上的酒桌
长歌纵酒后，又将这醉汉安静地
放置在教堂门前

依稀记得那是个星期天下午

我看见我酒醒了

他四处张望了几眼

又转身离去

大象

死亡是可怕的
见得太多了
就回到一个词

警察是一个词
脱下军装
就回到了一个人

一个人是人
肚里见不着的孩子是人
实验室的人体标本是人
缺少四肢、眼睛、嘴巴、耳朵的也都是人
可当他们黑压压地
一大片站在一起时，见到的：
只是一大群手
一大群脚、一大群眼睛和嘴巴

随后一只只手从空中消失

眼睛、嘴巴、耳朵
纷纷集合成一个词
一个读不出来的词

递归到这个午后

父亲走了
一张图像 / 一段音频 / 一股老男人的味道
从我的眼睛、鼻子、耳朵里一一消失

他的故事被遗忘
（好的坏的，一笔勾销）
我的五官从此缺少了些什么
蛋糕少了一块，这时父亲是奶油味的
在没有他的日子里
他总是事物缺少了的事物

递归到这个午后
倒掉的牛奶，弄得到处都是
你将一部分喝进肚子
一部分清理干净
就像你走在路上时总会将自己带上
却又把另一半落在家里
当你发现你早已回不去时

看着那个路上的自己

想象着另一半，悄悄长成了另一个的模样

你会发现自己有古人的嘴巴

语言却不再一样

如果有天我成了一个老人

如果有天我老了
长成一个平庸的老人
请不要和我招呼
不要和我谈及最初的样子
避无可避，礼貌地笑笑就好了

天气好时，我会走上前
聊聊孩子和糖尿病
痛风、高血压
（已经第一万次了）

如果一不小心，我们谈到了
曾经喜欢的女孩
我会叹一口气，咒骂起自己的老婆

你知道的，那时的我已经足够了
再也承受不起一些太大的词语

再也不谈主义

如果一不小心，从天气聊到了祖国

我会说：很好，现在是年轻人的世界

缺席在万物之中

在路上，总有那么一分钟
你看见一个友善的言语、夸张的神情
冷漠或敌意的爱（以及我所没有提及的）
都在拒绝着你的进入

你伪装成万物的一分子
伪装成一个人：
用活着的方式活着
用事物构成的眼睛去凝视事物
发现：/ 你失明了

总有那么一分钟你
既是一个孩子又是一个妇人
（你是你所见到的所有）
：/ 你不是你所见到的所有

而后，你谅解了他们说出他们的话语
你谅解了一个人是一个人

你便谅解了终究
自己还是以人的面目活着

微风吹进了你的骨头
你以进入事物的方式
拒绝了——事物对你的进入
如此崇高的时刻：
众声喧哗里
你使自己缺席在万物之中

你的犹豫

让整个世界都停下来
等你按继续的按钮

你的俗，是我走向俗世的理由
你的平凡，让我兴起人间的敬意
你的恶毒，让我找到了
恶毒之所以为恶毒
你装出的样子
完成了一部当代文化学的论述

我太迟才发现
原来陀思妥耶夫斯基
一直都跪在你的面前

你用你身上的人类简史
摧毁了我身上本该被世界淘汰的
最深的一部分，而我至今仍
找不到我消失的地方。在犹豫

第九辑　不要想着去打开这个词语

作者兴起了

那位作者在书店见到有人买他的书
他很高兴，拿起笔在扉页上签名

读者很高兴，于是
作者兴起，又题了几句话
读者更高兴了，于是
作者开始在上面做注释

“真是兴起啊！”他说

我们眼睁睁地
看着他把那本书给撕掉
“没事！我重写一本给你。”

说毕，他们开始争论
这本书该由谁来付钱?

早安，温柔的重量

她温柔地叫一只小狗坐下
小狗便有了温柔的重量

那卖早餐的大姐
对着每一个路人：早安

我认识到了一个真理：
我的理想与抱负，委屈与痛苦
都在等待着——
这句平凡的早安

早安在我的脸上告诉了
即将见面的朋友们
我洗好杯、碗和筷子，在水中
早安与早安，如此柔滑

我的双手，重了早安在上面

由此轻了三磅。拥抱朋友时

他的衣领上有一个早安

抖了抖，不小心说出了明天的秘密

论一次回声

此刻的她就像风筝
她的嘴巴里飞出一根线
透过高音吊住了整个天空
斑斓的花纹与褶皱被微风
穿梭得愈加柔软

她越拉越紧，几乎将天空
拉到了我们身上，阿母说
这时候的人民是没有土地的

当她的歌声停后，风也竭了
我们轻轻地落下，回声中四处都是天空

继而，一个天空击打冲撞着
另一个天空，如地壳变动般
裂出了一个个观众，海水漫进来了

沉默的边界

当我们试着去谈些什么
什么就成为边界
沉默，或举手
放下手便是另一条边界

有时我真想寻找一个词语
无论什么，跳进去，活在里面
永远不再出来

可我始终找不到一个字
是不亵渎神灵的

例如贪婪

在尼泊尔洪拉山区
一个女人若只爱一个男人
便是贪婪与自私
为了家族财产的完整
她必须：嫁给一对兄弟

贪婪这个词有时属于减法
例如沉默，例如知足
例如一个人离开了一片土地
词亦然：如渺小，又如忠诚

门

总有一道门隔在前面开着——

述及过去，门的形象一旦出现
门就完成了。一部分的自己
已然无法过去。词是关闭的

不要想着去打开这个词语
指出这点就够了。机械的声音

椅子

为他我留了一把椅子
在海边，我知道：他不时地来坐坐
毕竟自我第一次见他以后
就将他带在身上
忙时收好，空时翻来看看

一张没人能坐的椅子
将那个空出来的我
轻轻地放上

移民

在自己的国家做一个移民
从一根烟移到另一根烟
厕所移到房间
早晨移到早晨

北方人说：你像南方人
南方人说：你像北方人

每一个词语都是一座城池
都如亲人，都陌生，都
无法丈量边界。你蹲下
妒忌叶子居然如此地精确
你开始爱那些抓不住的
想把自己揉进去，想把表情

移民到某一个词里
等待签证，忽然发现自己：
是个被四舍五入掉的人

只是活着，像银行排队般活着
等待一场选举来改
变一个词语的内部

语言，每转一次弯

语言，每转一次弯
便以死亡的方式
活了一遍。他带着原罪
孑然一身地出走，再被远方
流放回他的故乡

自我原宥，又自我冒犯
两者间生出了一种语境

一个母亲般的存在
回过身接住了你

理想国

我总是停留在语言之外
尽管我滔滔不绝
当我说出那句话时
那句话尚未抵达
也许那句话永远都不会抵达

我在那里等待
一天，在我说出之前
句子已然结束

完成了一次

从自己的身体里跳起
落到前面那人头上
转进去，再转一个
到无数人

转到与自己背靠背，回过头
来对自己笑一笑
你回到原来的身体
伸出手，和刚才
也是未来的自己握握手

你完成了一次、两次
你无数次完成了
祖国，之类词语背后的意义
但你并没有因此完整
你蹲下

因为对称的美感

忘了多久之前的事了
我开始修正昨天
认识新朋友，换一种眼光看树
用确定的方法来填补
我诗味不足的昨天：

拉开和女友的距离
小心地走路
谨慎地去说：恭喜发财
但我不能说这样是更接近诗的

我只能寄望我
缺少的地方，能折两折
折成一个完整的虚空
尺寸和我的身材相近
那是值得我用一生去为之哀悼的
对称的美感

在人间的一万种俗里

我未曾写过爱情诗
是怕落俗　是怕免不了俗
是怕在这两句的重复里
消失了一个人

但今夜，我寻遍所有的雅
却只找到
在人间的一万种俗里
最雅的一种：和你说说话

我尝试说一句人话，转身
面向你忘记的那个世界
你丢掉多少，我就捡回去多少

后面没有故事了
毕竟已经沦为了爱情诗

走在水泥的生命上

——记第一次认真地喝一杯咖啡

走在水泥的生命上
努力学习呼吸
或这时你看见：
在未干的水泥地上
一只狗匆匆走过
如此轻巧地将事物固定下来

走在你后面
走在你上面或左边
是一次次从你身旁消解
并在另一个方向会合
如此慈悲，如此相像
你才想起时间

顾左右而言他

我顾左右而言他
——向前走上一步
再顾左右而言他
——又向前走上一步

一步比一步重，每一步都踩在点上
边踩边谈，谈得就越来越虚
直到我谈起了一根木头
一根很准确的木头
那种说得出品种、年份的木头
我的脚步才渐渐地，浮了起来

飞机译

我喜欢靠窗哪怕雷雨轰鸣
时，才是最好的位置
可以叫他：来得更猛烈些吧！
你也有风景的安全

此刻我坐在飞机上如何自全
卷发妇女将头斜靠在窗肩
进入这片波涛，黑夜中
香精味切割掉上一秒的席地
我露出龇牙咧嘴的面孔，对世界说：

风景命名风暴你就跟着风景去命名风暴！
风景命名历史你就跟着风景去命名石头！

风景不怕雷电，不怕暴晒
她会以命名的方式自全
你借风景——
雷吼："抓住席地！"

你的头发长成了那个女人

我的大海进入了她的大海

继而进入大海。所以我说：风景懂得自全

佛在佛像之中

冰块中有一种热
如我身上的流氓高雅起来时
一个玩具木偶就是真相

他拉起整个世界
穿过他，你就能回到自己
那天，我对着一块石头
什么都悟不到——我多么热爱那一刻

放下身上的衣服
回归，庆祝一种又一种的回归
就听见了孩子的哭泣

我醉了，说了许多不该说的话
我无数次地忏悔在深夜
忏悔我忘记了忏悔的内容

有人评价我：力气很大

这意味着我有用力地去爱人
我的孩子努力地使自己满头白发

当然，我还有骂人的时候
谈论自己如谈论他人
手指指向之处，减法总比加法多

我不想再见到自己，秀实说：
你就像这首诗，就像钱，越多越好
这点我也认同

出于礼貌，我说：你说得对
事实上他也是对的
礼貌一词及其背后，使我抵达

我又喝完了一瓶酒，这没什么
我喝象征的酒与其背后
又一次抵达了，有种哭的冲动：
你说得对，都对

（京权）图字01-2024-5372

图书在版编目（CIP）数据

第六次回归花园／席地著. -- 北京：作家出版社，2024. 12. --（澳门文学丛书）. -- ISBN 978-7-5212-3165-6

Ⅰ. I227

中国国家版本馆CIP数据核字第202448K5B0号

第六次回归花园

作　　者：席　地
责任编辑：杨兵兵
装帧设计：意匠文化·丁奔亮
出版发行：作家出版社有限公司
社　　址：北京农展馆南里10号　　邮　　编：100125
电话传真：86-10-65067186（发行中心）
　　　　　86-10-65004079（总编室）
E-mail:zuojia@zuojia.net.cn
http://www.zuojiachubanshe.com
印　　刷：三河市北燕印装有限公司
成品尺寸：133×214
字　　数：139千
印　　张：8.25
版　　次：2024年12月第1版
印　　次：2024年12月第1次印刷
ISBN　978-7-5212-3165-6
定　　价：40.00元

第一批出版书目

王祯宝《曾几何时》
水　月《挥手之后还会再见吗》
邓晓炯《浮城》
未　艾《轻抚那人间的沧桑》
吕志鹏《在迷失国度下被遗忘了的自白录》
李成俊《待旦集》
李宇樑《狼狈行动》
李观鼎《三余集》
李鹏翥《澳门古今与艺文人物》
吴志良《悦读澳门》
林中英《头上彩虹》
赵　阳《没有错过的阳光》
姚　风《枯枝上的敌人》
贺绫声《如果爱情像诗般阅读》
袁绍珊《流民之歌》
黄坤尧《一方净土》
黄德鸿《澳门掌故》
梁淑淇《爱你爱我》
寂　然《有发生过》
鲁　茂《拾穗集》
穆凡中《相看是故人》
穆欣欣《寸心千里》

以上按作者姓氏笔画排序

第一批出版书目

第二批出版书目

太　皮《神迹》

尹红梅《木棉絮絮飞》

卢杰桦《拳王阿里》

冯倾城《未名心情》

朱寿桐《从俗如流》

吕志鹏《挣扎》

邢　悦《被确定的事》

李烈声《回首风尘》

沈慕文《且听风吟》

初歌今《不渡》

罗卫强《恍若烟花灿烂》

周　桐《除却天边月没人知》

姚　风《龙须糖万岁》

殷立民《殷言快语》

凌　谷《无边集》

凌　稜《世间情》

黄文辉《历史对话》

龚　刚《乘兴集》

陶　里《岭上造船笔记》

程　文《我城我书》

程祥徽《多味的人生之旅》

以上按作者姓氏笔画排序

第二批出版书目

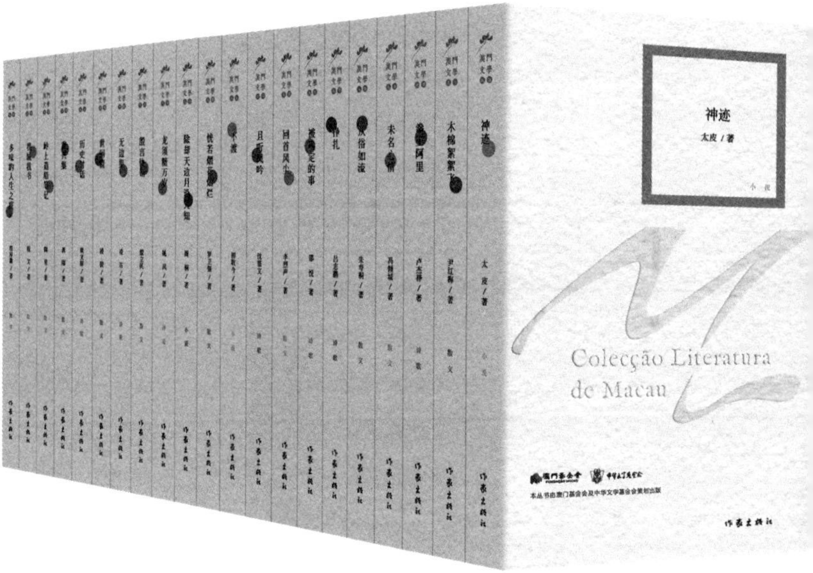

第三批出版书目

太　皮《一向年光有限身》

李文娟《吾心吾乡》

何　贞《你将来爱的人不是我》

陈志峰《寻找远方的乐章》

吴淑钿《还看红棉》

陆奥雷《新世代生活志：第一个五年》

杨开荆《图书馆人孤独时》

李嘉曾《且行且悟》

卓　玛《我在海的这边等你》

贺越明《海角片羽》

凌　雁《凌腔凌调》

谭健锹《炉石塘的日与夜》

穆欣欣《当豆捞遇上豆汁儿》

以上按作者姓氏笔画排序

第三批出版书目

第四批出版书目

李观鼎《滴水集》

李烈声《白银》

陈雨润《禅出金瓶 悟觉大观》

陆奥雷《幸福来电》

杨颖虹《小城M大调》

凌　谷《从爱到虚无》

袁绍珊《拱廊与灵光：澳门的120个美好角落》

黄文辉《悲喜时节》

梯　亚《堂吉诃德的工资》

蒋忠和《燕堂夜话》

以上按作者姓氏笔画排序

第四批出版书目

滴水集
李观鼎 / 著
诗集
Colecção Literatura de Macau
本丛书由澳门基金会及中华文学基金会策划出版
作家出版社

澳門文學 丛书